ELODIE ROJAS-TROVA

# L'AMERICAIN

Collection Novella

© 2016, Elodie Rojas-Trova.

Édition : BoD – Books on Demand,
12-14 Rond-point des champs-élysés,
75008 - Paris, France.

Impression : BoD – Books on Demand,
Norderstedt, Allemagne.

ISBN : 978-2-3220-1195-7
Dépôt légal : Août 2016

## COLLECTION NOVELLA

« *L'Américain*» est le deuxième ouvrage de la nouvelle Collection Novella. Histoire intense, écriture simple et délicate pour un livre qui se lit rapidement, contrairement à son grand frère le roman. La novella, dans son mode de « consommation », peut se comparer à un film. On lui offre une ou deux heures de notre temps et on emporte longtemps avec soi les émotions diverses que nous aura laissées l'oeuvre en remerciement du moment passé. Pour en savoir plus sur ce genre méconnu et donner votre avis sur cette lecture, visitez le site de l'auteur : http://lesmotsdelo.jimdo.com

Dans la même collection :
*Le Fou* - ISBN : 9-782322-011322
BoD Editions - Février 2016

*à ma grand-mère*

*« Les Corses ont des coeurs brûlants qui, pour sentir la vie, ont besoin d'aimer ou de haïr avec passion. »*

Stendhal

Elle avait à peine fini de faire sortir les bêtes de la bergerie quand elle sentit sa présence derrière elle. Elle se retourna et il l'enlaça immédiatement.

– Qu'est-ce que tu fais ? Tu es fou ! essaya-t-elle de résister. Mais elle savait déjà qu'il était trop tard.

Les épaules de la jeune fille se détendirent, et ses lèvres se firent complices. Il l'embrassa, tenant son fin visage entre ses mains, dévora son cou, puis ses seins, murmurant des je t'aime qu'elle ne voulait pas entendre. Ils s'allongèrent au milieu du foin qu'elle venait de ramener et là ils s'aimèrent pour la première fois. Tous les deux savaient que ce serait certainement la dernière, l'unique. Ils profitèrent de chaque seconde, remplissant leur tête de souvenirs de cet autre auquel il faudrait bientôt renoncer. Cet instant d'abandon si précieux allait pourtant changer le cours de leurs vies alors qu'un regard se cachait entre les pierres de la bergerie.

Partie 1

Je me souviens parfaitement quand il est apparu au village. C'était un de ces jours d'été écrasant où l'on rentre presque aveugle dans la fraicheur des maisons. Je revenais avec ma mère d'amener des tisanes à Marie, notre voisine sur le point d'accoucher qui se trouvait grandement incommodée par la chaleur.

Les bras ballants, soulagée du poids du panier en osier de ma mère, je trottinais, contente de cette journée, quand j'entendis un drôle de bruit. Sur la grand place où nous étions, le bruit enfla, ronflant comme un petit tonnerre qui résonna dans tout le village. Ma mère fronça les sourcils pendant que moi, fascinée, je regardais en tous sens pour ne pas rater son arrivée. Enfin, bondissant de la ruelle qui contournait l'église, apparut une auto. C'était un évènement assez rare pour attirer le badaud, mais cette fois en plus, ce n'était pas n'importe quelle auto. Rien à voir avec l'estafette des gendarmes ou la petite auto trop basse du médecin de Ponte-Leccia. Celle-ci était immense, longue comme un sillon de notre champ, brillante comme les lames que fabriquait mon père et, comble de luxe, elle était décapotable ! Je n'appris le mot que plus tard, grâce à mon cousin qui en avait déjà vu dans des magazines qu'il récupérait à Bastia.

Alors que je laissai échapper un cri admiratif, ma mère ne me permit pas de jouir du spectacle plus longtemps. Tout le monde s'approcha du véhicule pour saluer bruyamment son élégant occupant. Mais je sentis sur mon bras une poigne sévère et elle me lança sur un ton qui ne souffrait pas réplique :

– Marina, viens par là ! On rentre.

– Pourquoi, Maman ? osai-je.

– Nous ne sommes pas encore assez rustres pour aller baver sur une auto qui pue plus que nos ânes !

Tandis que nous allions faire demi-tour, le conducteur chercha le regard de ma mère et la salua de la tête en ôtant son chapeau.

– Tu le connais, Maman ?

– C'est le fils d'Emile et Antoinette. Allons Marina, rentrons à la maison, j'ai de l'ouvrage qui m'attend.

C'est ainsi que je me résignais à rester sur ma faim, étonnée de cet homme dont je n'avais jamais entendu parler autant que de l'empressement maternel. Ses sourcils étaient d'ailleurs toujours froncés en approchant de la maison. Mon père, curieux lui aussi du murmure que l'on sentait monter depuis le village, sortit la tête de son atelier et nous lança :

– Lucie ! Mais qu'est-ce qui se passe là-bas ?

– Oh, c'est Antoine qui vient de débarquer.

– Quel Antoine ?

– Celui d'Emile et Antoinette.

– Po, po, po ! L'Antoine, ça doit bien faire dix ans qu'on n'a pas su de lui ! s'exclama mon père dans ce parler si profond qui était le sien. C'est Antoinette qui va être heureuse, dis !

Le regard que lui lança sa femme par en-dessous suffit à lui faire comprendre son mécontentement.

– Qu'est-ce qu'il y a ? demanda-t-il.

– Oh Jean-Jean, tu l'aurais vu ! Il se pavane dans un costume trois pièces, avec un chapeau et une voiture de luxe. Il est bien ridicule, tiens !

– Allons, grand bien lui fasse si il est devenu riche !

– On dirait un mafieux ! Il va s'attirer des ennuis, tu verras. Et puis si il était riche, il aurait bien pu s'occuper un peu de ses parents non ?

Mon père fit claquer sa langue d'un coup sec, comme à son habitude pour montrer son désaccord et mit ainsi fin à la conversation.

– On a mieux à faire que de parler sur le voisin. Marina, viens m'aider à l'atelier ! ajouta-t-il.

Je n'étais pas habituée à ce genre de réaction de la part de ma mère. Elle qui n'était jamais prompte à la critique quand d'autres s'en délectaient, me surprit ce jour-là en se laissant aller à un jugement plein de colère.

– Les femmes ! s'exclama mon père lorsqu'elle fut hors de portée. Il me lança un clin d'oeil mais j'étais encore trop jeune pour comprendre ses nuances.

Secouant pourtant la tête d'un air entendu, je le suivis dans son atelier. La dépendance aux larges murs en pierres sèches du pays qui s'adossait à notre maison était le domaine exclusif de mon père. Jean-Jean était coutelier de son métier, le seul qui restait dans la région. Pas très grand, solidement bâti sur des jambes un peu arquées, ses grandes mains carrées maniaient le marteau mieux que quiconque. Elles attisaient le feu, travaillaient le métal en le pliant mille fois pour le renforcer, taillaient le bois de nos châtaigniers jusqu'à le rendre aussi doux qu'une caresse d'automne. Ces mains-là devaient rester pour moi le symbole absolu du pouvoir masculin, capables de la force la plus brutale à la tendresse la plus fine.
J'aimais sans conteste rester dans les jupes de ma mère, baignant dans cette féminité toute naturelle. Mais j'adorais passer du temps avec mon père dans l'atelier. J'avais l'impression de lui voler des instants d'intimité dans cet endroit où il ne recevait jamais de visite, tout entier consacré au travail magique des

matériaux les plus nobles. Même sa femme ne risquait jamais un pied ici, me laissant ainsi l'exclusivité de cette observation quasi scientifique, l'oeil rougi de trop regarder le feu, l'odeur du métal fondu et du bois taillé emplissant mes petites narines jusqu'à satiété, le goût de l'interdit picotant mon coeur d'enfant.

Nous parlions rarement, mon père n'étant pas de nature bavarde. Il chantait souvent, quand le travail était fini et que nous nettoyions les couteaux, cirant les manches et graissant les lames. Mais ce soir-là, pas un son ne sortit de sa bouche et le silence nous suivit jusqu'au diner.

Après le repas, observant la coutume des soirs d'été, j'aidai ma mère à sortir quelques chaises devant la porte. Mon père avait déjà pris place sur le solide banc qu'il avait lui-même construit, et il entreprit de bourrer sa pipe. C'était le moment de la détente après l'agression suffocante du labeur de la journée. On soufflait enfin, nous transformant presque nous-mêmes en cette brise qui courait depuis la mer, remontait nos vallées encaissées jusqu'à venir caresser les bras meurtris et bienheureux qui peuplaient les villages. De temps en temps, des voisins passaient devant chez nous et mon père leur criait de venir goûter un verre de notre myrte. Et il claquait la langue, de satisfaction cette fois, quand ils en redemandaient.

– Oh, Jean-Jean !

– Pierre, mon ami, viens donc !

– Je m'assois un moment pour fumer avec toi. répondit le voisin. Marie ne supporte plus l'odeur.

– Comment va-t-elle avec cette chaleur ? s'enquit mon père.

– Grâce à ta Lucie, ça va mieux. Les tisanes lui font grand bien.

– Ah, parfait ! Dis-lui bien qu'elle me fasse appeler en cas de besoin. ordonna ma mère.

– Oui, elle sait. Dites, vous avez vu l'Antoine qui est revenu ? lança Pierre.

– Non, moi je l'ai juste entendu. répondit Jean-Jean.

– Je l'ai salué tout à l'heure mais il était pressé de descendre à Bastia.

– Ah bon ! Il ne reste pas chez ses parents ?

– Non, il m'a dit qu'il avait une affaire à régler en bas. Il est parti aussi vite qu'il était venu.

– Mais d'où il vient alors ?

– J'ai entendu qu'il était en Amérique tout ce temps. Il parait qu'il a bien réussi dans le transport là-bas. Il a presque l'argent qui déborde de ses poches ! Tu n'as pas vu sa voiture ? Une Corvette ! La plus belle que j'ai jamais vu.

– Ah ça j'aimerais bien voir !

– Moi je trouve ça ridicule. marmonna Lucie.

– Il parait qu'il veut s'installer ici maintenant. ajouta Pierre comme si de rien.

– C'est normal. Ses parents sont âgés. Et puis tu sais, on finit toujours par revenir.

– Tu as raison, Jean-Jean. Bon, je vous laisse. Je compte sur toi pour la pêche de la semaine prochaine !

– Comme toujours ! Allez, bonne soirée.

Ma mère se leva elle aussi et disparu dans sa cuisine. Le voisin était à peine parti au coin de la rue que s'approchait une autre silhouette.

– Emile ! cria mon père. Viens donc t'assoir un peu.

Le vieil homme, que j'adorais, s'approcha lentement, ôta son béret et s'assit sur la chaise la plus proche de moi.

– Tu dois arrêter un peu de grandir Marina, bientôt Antoinette n'arrivera même plus à biser ta joue ! me taquina Emile. Mais mon père ne me laissa pas le temps de lui répondre.

– Alors, raconte un peu. Ton Antoine qui est revenu, c'est incroyable !

– Oh, il n'y a pas grand chose à raconter. Il est arrivé en fin de matinée, comme un coup de mistral. On ne l'a presque pas reconnu.

– Je ne l'ai pas vu mais Lucie m'a dit qu'il était tout élégant. Il a réussi là-bas, non ?

– Toi et moi nous savons que la réussite d'un homme ne se mesure pas à la finesse de son costume. J'aurais préféré qu'il ramène une femme, des enfants, ... une situation.

– Oh, mais ça viendra ! Peut-être qu'il est justement revenu en chercher une au pays. Les américains savent sûrement faire des voitures, mais leurs femmes ne sont guère attirantes quand on connait les nôtres ! plaisanta mon père.

– Tu es bien bon, Jean-Jean. Mais tu sais, Antoinette ne fait que pleurer. Après tout ce temps, je crois qu'il aurait mieux fait de ne pas se montrer. Il n'arrive même pas à me dire d'où il sort tout cet argent! Non, je ne sais pas ce qu'il est venu chercher ici, mais j'ai peur qu'il n'y trouve rien d'autre que des soucis. se lamenta-t-il.

Je ne l'avais jamais vu aussi abattu. Son visage ridé se plissait d'habitude parce qu'il me souriait, mais ce soir-là, l'inquiétude barrait son front, ne laissant rien présager de bon. Mon père n'avait pas osé répondre, ne sachant trop quoi dire face à ce père qui n'arrivait pas à se réjouir du retour de son fils.

– Marina, passe voir Antoinette demain, elle a de la laine à donner pour ta grand-mère. me dit-il pour changer de sujet.

J'opinai de la tête et après un bref salut, le vieil homme rentra chez lui. Ma mère, qui avait tout écouté depuis la porte, sortit avec ce regard de ceux qui regrettent d'avoir raison.

\*\*\*

Lucie avait attendu que sa fille soit partie chez sa grand-mère pour commencer à trier les plantes. Elle adorait ce travail qui lui permettait de sentir toutes ces essences de maquis et de sous-bois qui se cachaient dans les herbes séchées. Depuis des années, c'était elle qui préparait les tisanes et les concoctions pour tout le village. Grâce à Mina, sa grand-mère qui lui avait tout appris, elle connaissait par coeur chaque plante et chacun de leurs usages.

Derrière la cuisine, dans la pièce réduite au plafond trop bas, elle confectionnait de petits bouquets qu'elle suspendait tête en bas sur des crochets installés le long des poutres. L'unique fenêtre longue et fine, recouverte de grillage, laissait passer juste ce qu'il fallait d'air pour chasser l'humidité des végétaux.

Lucie rassembla toutes les plantes déjà prêtes dans son panier plat et partit les poser sur la table à côté de la porte où elles attendraient d'être livrées. Une vue d'ensemble lui fit remarquer qu'il manquait de la *nepita*, cette marjolaine sauvage si typique de l'île.

Après tout, on allait en avoir besoin pour accommoder le poisson que ramèneraient les hommes. Ça sentirait bon la menthe et l'origan, et Marina l'aiderait avec bonheur à tout préparer dans l'intimité de la cuisine.

La jeune femme chaussa ses bottes, coiffa son chapeau de paille pour protéger sa peau blanche du soleil mordant et sortit par le haut du village vers ce bout de maquis où elle était sûre de trouver son herbe. Elle se pressa pour arriver sur la crête avant qu'il ne fasse trop chaud. Traversant le nouveau pont, elle entendit le murmure ronflant s'approcher d'elle à vive allure. Soudain, la voiture apparut en face d'elle et stoppa net à ses côtés.

– Bonjour Lucie.

– Antoine.

Le ton de la jeune femme était sec mais ses yeux n'avaient jamais réussi à mentir. Il n'avait pas changé, beau comme lorsqu'ils avaient vingt ans et qu'il se cachait de ses parents pour venir soulever sa jupe de ses mains pressées. Elle rougit de ces pensées qui agitaient encore son coeur de femme mariée après toutes ces années.

– Comment vas-tu ? demanda-t-il en la transperçant du regard. Elle avait toujours l'impression d'être nue devant lui.

– Je vais bien. Et toi ? Qu'est-ce qui t'amène ici après tout ce temps ?

– J'en ai eu assez de l'Amérique. Tout est trop grand là-bas, on s'y perd.

– Tu comptes rester ici ?

– Ici, ou à Bastia. Je ne sais pas. Pas sûr d'être vraiment le bienvenu au village. Même mes parents ne semblent pas se réjouir de mon arrivée.

– Il faut les comprendre. Regarde-toi, tu arrives comme ça, comme un cheveu dans la soupe.

– C'est comme ça que tu me vois, Luce ? répondit-il, vexé. Je dérange à ce point vos petites vies bien ordonnées ? Ce n'est pas le souvenir que j'avais gardé de mon village... de mes gens. ajouta-t-il d'un ton amer trahissant de regrets.

– Celui que je vois en face de moi n'est pas non plus le même qu'il y a dix ans. Les choses changent. Il ne tenait qu'à toi de ne pas en faire des souvenirs.

Lucie osa prononcer la question qui lui brûlait la langue :

– Pourquoi es-tu parti comme ça, Antoine ? Sans même un mot d'adieu.

Le jeune homme ignora le reproche et répondit en baissant les yeux.

– Crois-moi, on ne m'a pas laissé le choix.

Et ne donnant pas le temps à Lucie de rétorquer, il démarra en trombe et l'abandonna sur le bord de la route, ravalant encore ces larmes qu'elle aurait dû verser depuis bien longtemps. La jeune femme se laissa submerger par l'émotion pendant un moment avant de reprendre ses esprits. D'un pas décidé, elle courut passer sa colère dans cette nature généreuse qui l'accueillait toujours sans jamais la juger.

Elle s'en voulait de se sentir atteinte par Antoine

malgré tout ce temps passé. Elle n'était plus une adolescente !

Et pourtant, en dépit de tout l'amour et le respect qu'elle portait à Jean-Jean, elle devait avouer que son mari n'avait jamais réussi à la faire frémir comme l'avait fait Antoine, pas même une fois...

*Une seule fois...*

\*\*\*

Aller chez ma grand-mère était une de mes activités préférées, comme un joyeux et mystérieux voyage dans le temps. Adeline, c'était son prénom, habitait une petite maison à dix minutes en dehors du village entourée d'un potager foisonnant et d'animaux divagant à l'envie. Et puis, les arbres, nos précieux châtaigniers s'étendaient alentours en protecteurs de nos terres et de notre famille, donnant son nom à notre région : *A Castagniccia*. Chacun avait une forme et une histoire particulière maintes fois contée par ma grand-mère et que je connaissais par coeur, tout comme le nom de chaque poule ou bien l'emplacement de chaque buisson d'ortie ou de baies.

A cette époque de l'année et malgré un été sec et brûlant, le paysage était toujours en tons de vert et l'on s'abritait volontiers à l'ombre du feuillage de l'arbre à pain, comme on disait encore par ici.

J'arrivai les bras chargés du gros paquet de laine que m'avait donné Antoinette et ma grand-mère m'accueillit comme à son habitude avec un sourire capable d'illuminer la caverne la plus obscure que pouvait compter notre île. La vieille dame était petite et légèrement voutée, sa peau blanche et ridée avait la texture douce et molle du velours quand je l'embrassais et elle sentait bon comme une miche de pain encore tiède. Ici je me sentais à l'abri de tout, préservée du mal par son regard bienveillant, armée pour la vie grâce à tous les conseils qu'elle me distillait dans la simplicité du partage.

Toutes les deux, nous ne parlions qu'en langue corse, perpétuant la tradition, roulant les r et racontant les histoires anciennes qui se transmettaient de génération en génération. Ici tout était à sa place, immuable et indiscutable... jusqu'à cet été-là.

Car lorsque je rentrais à la maison après des journées paisibles comme celle-ci chez mon Adeline, il m'était impossible d'échapper aux rumeurs qui se répandaient en trainées de poudre dans tout le village. Tout le monde ne parlait plus que de lui : *l'américain*. Le bruit de sa décapotable était devenu familier en quelques jours seulement. Les jeunes gens imitaient ses tenues élégantes et les jaloux se moquaient de son allure de dandy. Antoinette et Emile, ces chers voisins pour qui j'avais tant d'affection, ne sortaient guère plus de chez eux, accablés par le poids d'une honte dont je ne comprenais rien. Leur fils, qui se faisait appeler Tony par souci d'exotisme, ne passait les voir que rarement, occupé qu'il était à aller et venir on ne savait trop à quoi. Et c'est justement cela qui posait problème. Dans nos villages, les braves gens aimaient bien savoir ce que fait le voisin, et Tony n'en disait pas assez sur ses activités, et en laissait trop voir. C'est ainsi qu'un matin, alors que je jouais devant la maison avec mes nouveaux chatons, je le vis monter la rue en boitillant. Arrivé à ma hauteur, il me salua du regard. A peine deux maisons plus loin, j'entendis la voix aiguë de sa mère, coupée bientôt par un éclat grave et inédit de mon cher Emile. Le silence qui s'ensuivit me laissa perplexe et inquiète. Un instant plus tard, l'américain repassait devant chez nous et s'arrêta. Il me fit un clin d'oeil complice qui peinait à masquer sa pommette fendue et continua lentement.

– Tu es la fille de Lucie ? me demanda-t-il d'un ton trop gentil.

– Oui, je m'appelle Marina.

– Tu n'as pas les mêmes yeux orageux... Tiens, prends ça. dit-il en me tendant un collier. Garde-le en souvenir de moi.

Et il s'en alla, claudiquant, après un dernier regard qui me perça le dos, me laissant là avec l'objet entre mes doigts. C'était une fine chaîne d'argent à laquelle était suspendu un petit pendentif en coquillage : l'oeil de Sainte Lucie. Instinctivement, j'étais persuadée que ma mère me l'aurait confisqué, aussi je me hâtais de le fourrer dans ma poche et repartis jouer en m'efforçant de dissimuler mon trouble.

Mon père arriva quelques secondes après et me lança :

– Marina, tu veux m'aider à assembler mes affaires ?

– Bien sûr ! Je viens. m'empressai-je de répondre.

Jean-Jean préparait depuis plusieurs jours une escapade entre hommes au bord de mer. Comme chaque été, il partait avec son cousin et quelques amis du village jusqu'à Moriani pour une partie de pêche mémorable dont il nous parlerait avec force détails pendant des heures lors des veillées d'hiver.

C'était presque le seul écart masculin et privé que se permettait mon père, mendiant toujours au préalable l'approbation de sa femme. Il nous ramenait d'ailleurs toujours un petit cadeau, comme pour se faire pardonner cet abandon annuel qui ne lui ressemblait pas.

Je l'aidais à plier ses chemises et à ranger ses quelques affaires dans le sac de voyage qui sentait fort le cuir graissé.

– Jean-Jean, tu mettras ton écharpe quand tu seras sur le bateau ! ordonna ma mère. Et tu feras attention !

– Oh, comme si c'était la première fois que j'allais !

protesta-t-il gentiment.

C'était le même petit théâtre qu'ils se rejouaient à chaque fois, contents autant l'un que l'autre de cette entorse à leur quotidien si bien réglé.

Quand tout fut prêt, on accompagna Jean-Jean jusqu'à l'entrée du village où l'attendaient déjà ses compagnons de voyage. Je prouvais ma force en hissant moi-même le gros sac dans la fourgonnette de Pierre, et après quelques dernières recommandations des femmes, l'auto s'ébranla et emmena pères, maris, cousins, que l'on ne reverrait pas avant plusieurs jours.

Ma mère cacha son habituelle inquiétude derrière un sourire et me tint la main pendant tout le chemin du retour vers chez nous. Le quotidien devait reprendre et déjà il fallait apporter de l'eau aux ânes. Nous nous hâtions d'aller remplir deux seaux quand le collier d'Antoine tomba de ma poche. Il me sembla que tous les rayons du soleil brillèrent sur le petit coquillage qui gisait à terre dans le seul but d'attirer immédiatement l'oeil maternel.

– Qu'est-ce que c'est que ça, Marina ? demanda-t-elle en s'emparant du bijou avant que j'ai eu le temps de le ramasser. Je gardais le silence, n'osant pas avouer sa provenance et l'omission de vérité dont je m'étais rendue coupable.

– Allons ! D'où tu le tiens ? insista-t-elle.

– Ce matin, j'ai croisé l'Antoine et il me l'a donné.

Je crois que c'était la première fois que je voyais ce regard chez ma mère : un mélange inédit de tristesse, de colère et de culpabilité. Elle sembla hésiter avant de questionner :

– Il t'a dit quelque chose en te le donnant ?

– Non. Enfin, il m'a dit de le garder en souvenir de lui, comme si il allait partir. Il était blessé, je crois bien qu'il s'était disputé.

Lucie se ressaisit rapidement et retrouva sa contenance normale. Elle attrapa le lourd seau d'eau et ajouta :

– Je ne veux plus que l'on parle de lui et de ses

histoires. Et surtout je t'interdis d'avoir contact avec lui sans que je sois présente.

Je n'osais même pas répliquer et me contentais de hocher la tête alors que ma mère pointait encore un doigt accusateur vers moi. Pourtant je n'avais pas grand chose à me reprocher, à part de ne pas m'être précipitée vers Lucie pour lui raconter mon histoire. Mais j'avais l'impression que même si je l'avais fait, elle aurait été tout autant en colère que maintenant. Je n'arrivais pas à comprendre pourquoi mais je sentais bien moi aussi ce malaise qu'avait installé Antoine depuis son arrivée.

La journée se passa sans beaucoup de mots, comme si une sorte de lourdeur pesait sur ma mère et moi. Je détestais ce genre de situation que je ne méritais pas.

Peut-être que mon oncle Toussaint avait raison finalement lorsqu'il disait que l'américain n'amènerait rien de bon. Déjà au village, les habitudes étaient toutes chamboulées, et les voisins ne se lassaient pas de jaser sur le nouveau venu. « Tony ne regarde pas droit dans les yeux » disaient les hommes. Et en effet, il ne partageait pas non plus sa vie ni ses bonheurs mais uniquement son argent dans des parties de poker et des beuveries avec les pires bougres de la région. On disait qu'il avait même claqué la porte au curé quand il avait voulu le confesser avant la messe.

J'avais hérité l'aversion de mes parents pour les ragots et les médisances, mais cette fois il était difficile d'y faire la sourde oreille.

Pourtant, combien j'étais loin de m'imaginer ce qui allait se passer le lendemain, et la tempête qui nous emporterait bientôt tous dans un tourbillon de doutes, de reproches et de regrets.

*\*\*\**

Il faisait encore presque nuit quand une ombre s'étira le long du mur de l'église. La silhouette avançait sans hâte sur les anciens pavés, ne laissant entendre aucun son. Le jour se lèverait bientôt sur le village et il partirait. Il avait promis. Après tout, il ne savait même pas lui-même pourquoi il était revenu. Un vieil amour ne justifiait rien, ne pouvait rien exiger face à l'indifférence d'un avenir auquel il n'appartenait plus.

Antoine avait déjà pris ses dispositions mais il ressentit le besoin d'une ultime balade dans les ruelles de son enfance. Il se rappela le bruit des pas de la jeune fille lorsqu'ils répondaient encore à celui de son coeur adolescent. Son odeur presque amère de reine des prés lui sauta à la mémoire, arrachant une larme sur son oeil déçu. Il n'aurait jamais du partir, jamais du accepter cette injuste décision qui n'était même pas sienne ! Et pourtant, il avait bien profité aussi de ces années de folle jeunesse dispersée en terre lointaine. Il ne savait pas alors tout ce que l'histoire lui avait caché.

Un bruit dans son dos le fit sursauter et le tira de sa rêverie.

– Qui va là ? osa-t-il en un murmure inquiet.

Seul le silence lui répondit. Quelqu'un rôdait, il en était sûr. Sa présence était palpable comme un coton invisible qui commença à l'angoisser.

Le jeune homme revint sur ses pas et rejoignit le parvis de l'église. Encore un bruit !

Il allait s'énerver quand enfin un visage familier apparut devant lui. Il en resta si surpris qu'il ne sut que dire et l'autre le devança :

– Antoine, que fais-tu là ?

– Je me promène. Est-ce encore interdit ? Mais toi, ce n'est pas dans tes habitudes de sortir avant l'aube. Tu me suivais peut-être ?

– Tu n'as jamais compris, n'est-ce pas ? Aujourd'hui encore tu ne comprends pas ! Ce n'est pas toi la victime dans cette histoire.

– Pourquoi parler de victime ? Je ne vois ici que des

complices d'une histoire que je n'ai jamais pu choisir.

– La rage t'étouffe, comme il y a dix ans. Tu aurais pu avoir le choix à l'époque, mais tu n'as pas saisi ta chance. Aujourd'hui ce choix ne t'appartient plus et tu ferais mieux de le comprendre vite.

Antoine s'avança, menaçant, vers la silhouette qui ne frémit pas d'une once. La colère l'inonda, son regard gris foudroyant un passé qui lui revenait à la face comme un crachat.

– Je suis encore maître de mon destin, et je ferai bien comme il me plaira !

– Je ne te laisserai pas répandre le mal ici et tout gâcher. lui lança l'autre.

– Et toi, que t'apprêtes-tu à répandre alors ? rétorqua Antoine en s'approchant jusqu'au toucher.

Un éclair soudain brilla dans la pénombre et il sentit, incrédule, une lame acérée s'enfoncer profondément dans son flanc en un mouvement sec. Pas la moindre hésitation ne fit trembler la main traîtresse qui l'acheva. La douleur le transperça d'abord en son coeur avant d'irradier vers le reste de son corps, le faisant tomber à genoux. Non, décidément, il n'avait rien compris. Il n'aurait jamais du revenir. Ou au contraire, peut-être qu'au fond de lui, il savait depuis toujours ce qui l'attendait ici. Sur le sol qui l'avait vu grandir, il se laissa glisser, son sang s'étalant sur son costume trop neuf. Après tout, le destin l'avait bien attendu tout ce temps, se riant de lui et de son héritage de malheur. Il sourit à la vue du couteau parfaitement aiguisé et regarda le jour se lever dans l'oeil désespérément sec de son ennemi. Le chant du coq étouffa son dernier cri.

Que la Corse était belle avant qu'elle n'aille brûler sous les rayons d'un soleil vengeur...

\*\*\*

Partie 2

J'ai bien cru qu'on n'allait jamais arriver dans ce village ! Deux heures de route sur ces serpents poussiéreux dans la chaleur de ce mois de juillet qui n'en finit pas. Enfin, il en faut plus pour me décourager. Nous voici traversant ce petit pont de pierre pour nous diriger vers le clocher que l'on distingue au loin depuis un long moment. Tous ces villages corses se ressemblent tellement ! Mes chaussures y résonnent de la même manière dans le silence des ruelles, les enfants se cachent toujours derrière les jupes de leurs mères, qui se cachent elles-même derrière des portes closes tandis que leurs hommes réfléchissent déjà à ce qu'ils refuseront de me dire. Mais j'ai l'habitude ! Après tout, les corses sont presque aussi têtus que les bretons des villages humides de ma jeunesse.

– On y est, inspecteur ! m'informe le jeune homme qui me sert de chauffeur.

La voiture s'arrête enfin. Claquant la portière pour avertir tout le monde, je me fraie un passage au milieu d'une foule curieuse et effarée. Les vieux se signent en s'écartant pour me laisser passer. Un homme rougeaud avance vers moi en fendant ses semblables tel Moïse au milieu des eaux : Monsieur le maire.

– Inspecteur Le Goff ! s'exclame-t-il en tendant sa main grasse, je me réjouis de vous voir. ajoute-t-il avec un regard qui dit tout le contraire.

Je lui serre la main, me contente d'un hochement de tête en direction du drap blanc qui jonche le sol derrière lui et l'écoute me raconter son affaire.

– C'est terrible ! On l'a trouvé ce matin à l'aube. Il a été assassiné dans la nuit.

– Qui est-ce ?

– Antoine Santoni, un enfant du pays qui est revenu il y a peu.

– Revenu ?

– Oui, il était parti en Amérique pendant quelques années. C'est triste. Sa famille est très appréciée ici.

Ne répondant rien, je me dirige vers la masse blanche

qui git sur le sol. Les habitants n'ont pas osé le laisser comme ça et l'ont recouvert d'un drap. Cela veut dire qu'ils ont bien piétiné la scène du crime et probablement même bougé ou déplacé le corps. Le temps que je m'agenouille près de lui, tous les curieux ont déguerpi sans demander leur reste. Ici les gens n'aiment pas regarder les cadavres, ça peut porter le mauvais oeil comme disent les bonnes femmes. Me risquant donc une fois de plus à être maudit jusqu'à la troisième génération, je soulève le tissu amidonné pour faire connaissance avec celui qui m'amène ici. Ses yeux d'un drôle de gris, légèrement vitreux, me regardent d'un air surpris. Il était jeune, assez beau, trop bien habillé pour les circonstances. Son joli veston à peine froissé est maculé de sang roussi sur tout son abdomen et son flanc gauche. Le tueur est certainement droitier. Coups de couteau. Une trace de bagarre ancienne sous son oeil abime un peu sa gueule d'ange. Ses mains sont blanches et fines, pas des mains de

travailleur et aucune trace défensive. Soit il connaissait le tueur, soit il a été pris par surprise.
– A-t-on retrouvé l'arme du crime ?
– Non, Monsieur l'inspecteur. répond le maire. Mais on n'a pas vraiment cherché non plus ! ajoute-t-il, visiblement gêné.
Le corps est à peine raidi : la mort n'est pas bien vieille. Les mains du jeune homme sont serrées en poings fermés sur sa poitrine. Ses longues jambes, légèrement recroquevillées vers son ventre, laissent entrevoir sa douleur. Autour de son cou, une fine chaîne dorée déploie la croix d'un Christ aussi mort que celui qu'il était censé sauver. De toute évidence l'assassin ne cherchait pas son or.
– Pas de témoins ?
– Non, il faisait nuit. me répond l'élu en dissimulant un sourire sceptique.
Je sais bien qu'il n'y a pas de témoins : il n'y en a jamais dans ce genre d'affaires ! Mais je suis quand même obligé de demander.

– Thibault ! appelle mon assistant. On a retrouvé son auto un peu plus bas. Et voici son père. ajoute-t-il en me montrant l'homme qui s'avance lentement vers moi.

– Monsieur Santoni, toutes mes condoléances. dis-je en nous éloignant du corps.

Le vieil homme ne répond rien. Grand et fin comme son fils, le dos courbé par des années trop remplies, il tient son béret entre ses mains burinées. Son regard dévasté et humide ne fuit pas, et semble au contraire vouloir étriper quiconque oserait le croiser. Effectivement, les mots paraissent superflus !

– Je peux vous poser quelques questions ? j'ose lui souffler.

– Qu'on en finisse, j'ai maintenant un fils à enterrer. répond-il en me laissant le choix de prendre ça pour un oui ou un non.

– Avez-vous une idée de ce qui a pu se passer cette nuit ?

– Mon fils a passé près de dix ans loin du village, en

Amérique, sans jamais nous donner de nouvelles. Il est apparu fin comme une fleur il y a moins de trois semaines et le voilà mort. C'est tout ce que je peux vous dire.

– Vous lui connaissiez des ennemis ?

– Et vous, Monsieur le breton, connaissez-vous un seul corse qui n'en ait pas ?

Bien plus vite que ses vieilles jambes ne le laissaient penser, le voilà qui s'éloigne sans plus d'explications. Pas bien causant le vieux père ! J'espère que j'en trouverai des plus bavards. Il commence à faire très chaud dans cette fournaise sans embrun. Je laisse les collègues s'occuper de la levée du corps et je file vers l'auto criarde qui m'attend en contrebas. Pierre-Ange, mon assistant, tourne déjà autour, plus admiratif de la belle carrosserie que professionnel à la recherche d'indices.

– Belle bagnole, n'est-ce pas !

– On n'en voit pas beaucoup des comme ça par ici.

– C'est bien, ça veut dire qu'il n'est pas passé

inaperçu. On va certainement pouvoir retracer ses derniers mouvements.

– Il y avait un revolver dans la boîte à gants.

– Ouvre le coffre.

Obéissant, Pierre-Ange s'exécute plus vite qu'un serrurier malhonnête. Après l'avoir poussé pour mieux voir, je constate sans trop de surprise le drôle de contenu du coffre béant : quelques vêtements bien repassés, plusieurs armes de gros calibres, un sac en cuir plein de billets de cinq-cents francs, une enveloppe qui semble déborder de drogue exotique...

– Rafle moi tout ça, allons au poste. Je sens qu'on va s'amuser.

\*\*\*

Pour dire vrai, j'ai tout de suite senti que cette affaire allait me plaire. Je me délecte de ces gens qui croient savoir, de ceux qui aimeraient savoir, de ces autres qui ont toujours su. Parfois il me suffit de voir le cadavre pour me classer instantanément dans la troisième catégorie, mais parfois je sens tout de suite les surprises déferler comme des lames au large de la baie. L'histoire de l'américain est sans conteste une de ces affaires qui vous malmènent un inspecteur, le trimballant d'un côté à l'autre pour finalement lui asséner le coup de grâce avec l'assassin auquel personne n'avait jamais osé songer.

Je n'ai qu'à regarder la mine inquiète du maire ou celle, méfiante, du municipal qui s'approche de moi en crabe mal dressé.

– Monsieur, le corps est levé. J'ai dit au médecin légiste qu'il vous fasse parvenir son rapport au plus vite. me dit-il.

– Très bien. Savez-vous qui l'aurait vu pour la dernière fois ?

– Non. Enfin, il est passé chez ses parents hier matin mais après... Ah, on a trouvé ça, serré dans sa main. ajoute-t-il d'un air penaud en me tendant le sachet brun des preuves.

Son contenu glisse sur ma paume avec un bruit doux. C'est un collier. Avec un drôle de coquillage. Devant mon silence, Pierre-Ange se permet de préciser :

– Un coquillage typique de l'île. On l'appelle l'oeil de Sainte Lucie... ça vient d'une légende.

J'ai presque cru qu'il allait me raconter sa légende mais il se ravise rapidement, épargnant ma patience réduite par la chaleur ambiante.

– Bon, et qui de ces messieurs peut me dire qui a trouvé le corps ?

– Le curé l'a trouvé en allant aux laudes, peu avant six heures.

– Amenez-le ici s'il vous plait, je veux l'interroger.

Pierre-Ange s'en va d'un pas déterminé cueillir le religieux avant l'heure de l'apéro ou bien d'une autre messe au nom méconnu. En attendant, je réfléchis au contenu du coffre, au regard perçant du vieux Santoni, à celui, vitreux, de son fils trop jeune et beau pour mourir. C'est toujours comme ça. On ne m'appelle jamais pour un vieillard mort gentiment dans son lit moelleux. Non, quand j'interviens c'est justement quand quelqu'un qui n'aurait pas du mourir, l'a pourtant fait ! Cela entraine une certaine déformation professionnelle qui, j'imagine, est commune également aux médecins ou même aux réparateurs : on finit par penser que le monde est peuplé d'assassins, de malades et d'objets cassés...

Le curé qui s'approche de moi pense peut-être, lui, qu'il n'y a que des pécheurs à force d'écouter les confessions les plus sordides. Si c'est le cas, il n'en laisse rien paraitre. Sourire aux lèvres, il s'avance presque en dansant, sa soutane se balance comme celle de Saint Laurent en procession. Sa main est franche, ouverte, doucement tiède.

– Mon père, je vous remercie d'être venu. Asseyez-vous, je vous prie.

Il ne répond rien, me regarde, curieux et bienveillant, et attend. Son oeil étonnamment vif pour son âge me dévisage avec insistance. Je ne sais pas si c'est à cause de sa fonction, mais on dirait qu'il sonde jusqu'aux tréfonds de ma conscience, pour en tirer une conclusion dont je ne saurai jamais rien, et sourit, insupportable de satisfaction.

– J'ai appris que c'est vous qui aviez découvert le corps du jeune Antoine Santoni. Est-ce exact ?

– Très exact ! J'allais ouvrir l'église pour prier les laudes quand je l'ai vu, allongé sur le parvis, baignant dans son sang. Dieu ait pitié de lui !

– Vous n'habitez pas dans l'église ?

– Non, c'était trop délabré ! Cela fait plusieurs années que j'habite un appartement en face... au dessus de chez la veuve Luciani. ajoute-t-il un peu honteux.

– Avez-vous remarqué quelque chose d'inhabituel ? Vous n'avez croisé personne avant ?

– Non, il n'y avait personne, tout était normal.

– Vous connaissiez la victime ?

– Comment non ! J'ai marié ses parents, je l'ai baptisé et je lui ai donné la communion. C'était un gentil petit, il a juste mal poussé.

– Que voulez-vous dire ?

– Il a fait les mauvais choix, mais qui ici pourrait lui jeter la pierre ? Il n'était pas méchant.

– Savez-vous avec qui il passait ses journées ?

– Et bien, il faisait des allers-retours entre ici et Bastia, pour affaire disait-il. Mais il trainait avec la bande du fils Micheli. avoue l'homme d'église en se penchant, chuchotant dans mon oreille avant de se rejeter en arrière d'un air entendu. Pierre-Ange hoche la tête en me regardant pour me signifier qu'il connait le dit Micheli et s'efface discrètement.

– Avez-vous une idée de qui aurait pu lui en vouloir au point de le tuer ? Ce Micheli par exemple ?

C'est souvent là que les yeux des gens peuvent en dire plus que leur bouche. Je l'observe et je sais. Je sais qu'il sait. Mais jusque là il n'ira pas.

– Non, je ne sais pas. Je n'aime pas penser qu'une de

mes ouailles puisse être capable d'un tel péché. Vous savez, je connais tout le monde ici. C'est peut-être quelqu'un de dehors.

Et voilà ! Encore une fois, le mensonge envahit la pièce et complique la situation. Mais je m'en doutais, ce n'est pas le premier curé qui, lié par ses obligations, me cachera une vérité tout juste bonne à se murmurer dans le feutre d'un confessionnal.

– Mon père, merci de vous être déplacé, je crois que nous en avons fini. dis-je en me levant.

– Je vous en prie, c'est bien normal, même si je m'en serais bien passé.

– Oui, je comprends.

J'ai droit à une poignée de main un peu moite cette fois et je me retrouve enfin seul dans ce bureau qui n'est pas le mien. C'est une difficulté terrible en même temps qu'un passionnant défi de devoir tirer des conclusions d'un simple échange aussi rapidement. Mais c'est pourtant ce qui me plait et me réussit le mieux dans mon métier. Je dois dire aussi que les corses sont un peuple qui, même si il peut se fermer soudain comme une huître, transpire aussi les émotions les plus fortes, qu'elles soient bonnes ou mauvaises. Un vrai délice pour un enquêteur !

J'ai à peine le temps de prendre quelques notes dans mon carnet, que déjà Pierre-Ange revient.

– Je t'écoute.

– Le fils Micheli, Ghjiseppu, c'est un jeune du village d'à côté. Il est connu pour des trafics en tout genre : armes, filles... Il organise aussi des parties de poker où il brasse beaucoup d'argent.

– Aucune condamnation ?

– Non. Il est aussi proche d'une certaine mouvance nationaliste dure. On préfère le laisser dehors et le surveiller.

– Quand est-ce que tu me l'amènes ?

– Il est à Bastia depuis trois jours pour l'enterrement d'un cousin. Je l'ai fait venir. En attendant, on va manger.

– Enfin une bonne nouvelle, je meurs de faim ! dis-je

en réfléchissant à ces informations. Mon type est surveillé et absent du village depuis trois jours. Pas vraiment compatible avec un assassin mais on ne sait jamais. En tous cas il aura certainement des choses à me dire pour peu que j'arrive à le faire parler.

Nous rejoignons le maire et le policier municipal en face de l'église pour partager un déjeuner comme on n'en fait plus. Le curé est là également à la table d'à côté, dévorant sans état d'âme une assiette énorme de beignets de brocchiu copieusement accompagnée de salade et de vin de la plaine. C'est quand la patronne s'approche que je comprends mieux : la veuve Luciani. La logeuse de l'homme d'église est également la tenancière du seul troquet des environs. Cela fait d'elle une alliée de choix pour mon enquête. Je décide de manger pour deux et de la complimenter sur sa cuisine pour tenter de l'amadouer. Mais un destin difficile au milieu d'hommes de tous bords l'a vaccinée contre tout essai naïf de séduction masculine.

En allant payer l'addition, je m'approche tout de même de son regard suspicieux qui est d'habitude ma spécialité. Bien portante, sa poitrine généreuse se cache pudiquement derrière un tablier brodé qui recouvre jusqu'à sa jupe trop longue, et un chignon bien serré ne laisse rien échapper qu'une nuque légèrement hâlée par la saison. Ses bras forts débouchent sur des mains malmenées par le travail trahissant son âge à défaut d'un visage ridé.

– Madame Luciani, n'est-ce pas ?

– C'est exact. Vous êtes le breton ?

– Inspecteur Le Goff pour vous servir. J'enquête sur le meurtre du jeune Santoni.

– Quelle horreur ! Un si beau petit !

– J'ai demandé au curé avec qui il avait l'habitude de passer ses journées. Mais je n'ai pas osé lui demander avec qui il passait ses nuits.

– Et qu'est-ce qui vous fait croire que moi je le sais ?

– C'est affaire de femmes que de discuter de ces choses-là. Et puis, vous êtes bien placée ici pour en entendre.

– C'est vrai que j'en entends beaucoup, mais c'est aussi parce que je parle peu... Ah, ce pauvre Antoine, il n'aurait pas du revenir ! La seule avec qui il aurait voulu passer ses nuits n'étaient plus celle qu'il avait aimé auparavant.

– Un nom ?

– Ce n'a jamais vraiment été un secret, à part pour ceux qui ont toujours préféré fermer les yeux, elle est même venue hier à l'église : Lucie Griscelli, la guérisseuse. souffle-t-elle avant de retourner à sa vaisselle en regrettant déjà d'en avoir trop dit.

– Il ne m'en fallait pas plus. Bonne journée Madame Luciani.

J'attends d'être de retour au bureau pour lancer à la ronde :

– Quelqu'un peut m'en dire plus sur une certaine Lucie Griscelli ?

Je savoure l'air surpris de ces messieurs du cru qui commencent à redouter mes compétences.

C'est le maire qui répond :

– Lucie ? C'est la femme du coutelier. Elle fait aussi les tisanes et des trucs bizarres.

– C'est pas bizarre ! Elle est *signatora*. Sa grand-mère a aidé ma mère à me mettre au monde, c'est elle qui lui a tout transmis ! proteste le municipal, s'attirant un regard noir du maire.

– Ce n'est pas vraiment ça qui m'intéresse. dis-je pour couper court. A-t-elle quelque chose à voir avec Santoni ?

– Oh, c'est des rumeurs tout ça, de l'histoire ancienne. On raconte que Tony était parti à cause d'elle, parce qu'elle a préféré Jean-Jean. Forcément quand il est revenu, les gens ont parlé et observé.

– Vous savez si il a essayé de la revoir ?

– Ils se sont croisés pour sûr, elle habite en dessous de chez les Santoni. Je n'en sais pas plus.

Mais comme je le disais un instant avant, il ne m'en fallait pas plus.

\*\*\*

Plutôt que de rester à poireauter au bureau en attendant le voyou du village, j'ai préféré rendre une petite visite à cette fameuse Lucie Griscelli. J'ai vu dans la mine des hommes qu'elle devait être intrigante pour tout dire. Mais j'étais loin du compte ! En arrivant à la dernière maison de la rue qui descend vers la rivière, je me risque à frapper la porte entrouverte. J'entends murmurer, un froissement de tissus et la voilà en face de moi. C'est la première fois de ma vie que je croise un tel regard ! Transparent et envoûtant, transperçant jusqu'au coeur, de ceux qu'on n'oublie jamais. Je comprends mieux le petit américain. Lucie laisse sa main fine mater une mèche rebelle dans ses cheveux couleur de châtaigne avant de m'interroger sans ménagement :

– Je sais qui vous êtes. Que me voulez-vous ?

Sa voix est grave et douce, on aimerait qu'elle chante mais son caractère inattendu coupe court à toute envie séductrice. J'en perds presque mes mots.

– Oui. Je suis l'inspecteur Le Goff, en charge de

l'enquête concernant la mort de Monsieur Santoni. J'aimerais vous poser quelques questions si vous le voulez bien. Ce ne sera pas long.

Se décidant à me laisser entrer après un bref instant de réflexion, elle m'invite à m'assoir près de la grande table familiale où sont étalées des herbes en tous genres. L'odeur est entêtante et déjà je sens la future migraine qui m'attaquera bientôt. Lucie pose un grand verre d'eau fraiche devant moi sans me demander mon avis.

– Merci Madame. Je serai direct, je voulais savoir quel type de relation vous aviez avec feu Antoine Santoni.

Un bref sourire méprisant l'enlaidit presque avant qu'elle ne réponde :

– Je sais bien ce que vous avez pu entendre mais je vais vous décevoir. Antoine et moi aurions pu nous aimer il y a longtemps, nous étions très jeunes. La vie en a voulu autrement. Il est parti sans un mot et je n'ai plus jamais su de lui jusqu'à son retour récent.

Avant que vous ne posiez la question, je n'ai fait que le croiser brièvement, c'est tout. Comme je vous l'ai dit, les choses ont changées : je suis une épouse et une mère maintenant.

– Je vois. Quand l'avez-vous vu pour la dernière fois ?

– Je ne me rappelle plus. Peut-être il y a deux ou trois jours.

– Pourrais-je parler à votre mari ?

– Il est absent. Il est parti à la pêche hier matin et ne reviendra pas avant plusieurs jours.

Je ne peux m'empêcher de la dévorer des yeux par dessus mon verre, mais elle doit en avoir l'habitude. Une telle femme suffit à mettre sans dessus-dessous tout un village, et elle le sait bien. Ce n'est pas tant la beauté que l'on voit qui affole, mais celle que l'on devine sous cette carapace mystérieuse. Le mari parti... Peut-être que je tiens une piste même si elle n'est pas encore résolue à me faire des confidences.

– Je ne vais pas vous embêter plus que cela. Merci

pour votre hospitalité. Je vous prierais de dire à Monsieur Griscelli qu'il se présente au commissariat dés qu'il sera de retour.
– Je lui transmettrai. Au revoir Monsieur l'inspecteur.
– Madame.
Je ne m'empresse pas de sortir de la pièce malgré le parfum prenant de cette femme et ses plantes, sans pour autant oser me retourner vers elle. Tout de même, quel spécimen insulaire !
C'est en m'éloignant au coin de la rue que je manque percuter une petite fille à la longue chevelure tressée. Elle semble m'attendre et me demande avec candeur :
– C'est vrai qu'il est mort Tony ?
– Malheureusement oui. Tu le connaissais ?
– Rien qu'un peu...
– Tu es la petite Griscelli ?
– Oui, Marina Griscelli.
Décidément, la grâce se transmet de mère en fille !
– Tu l'as vu il y a longtemps Antoine ?
– Non, juste hier.

– C'était ici ?

– Oui, je l'ai croisé quand il montait. Même qu'en redescendant il m'a offert un collier.

– Ah oui ? Tu peux me le montrer, ce collier ?

– Je ne l'ai plus. dit-elle en regardant tristement à terre.

– Tu l'as perdu ?

– C'est Maman qui me l'a confisqué. Mais elle a eu raison, on n'accepte pas ce genre de choses. C'était un beau collier. Probablement qu'il avait couté bien cher parce que c'est rare un oeil de Sainte Lucie !

Je n'ai pas le temps de continuer mon interrogatoire improvisé. On entend tous les deux :

– Marina !

La voix maternelle fait disparaitre la petite qui ne perd même pas de temps à me dire au revoir.

Que penser ? J'adore les enfants...

Je ne peux pas en dire autant de celui qui m'attend au commissariat. Le colosse est assis en face de mon bureau, recouvrant la pauvre chaise du municipal de toute sa masse musculaire. Ne prenant pas la peine de se lever en me voyant, Ghjiseppu Micheli répond simplement par un mouvement de tête négligeant à mon salut. Il se veut dur à cuire, autant attaquer tout de suite !

– Monsieur Micheli, vous êtes ici pour répondre à quelques questions concernant la mort récente d'Antoine Santoni.

Un grognement est censé m'encourager à continuer.

– Connaissiez-vous Monsieur Santoni ?

– Oui.

– Etiez-vous amis ?

– Pas vraiment. C'était un emmerdeur ! Il avait des grandes idées mais il se défilait toujours. Il passait son temps à perdre du fric aux cartes. Un bon à rien !

– Vous vous étiez disputé à ce sujet ?

– Pas besoin ! Quand j'étais à Bastia, il m'a appelé pour me dire qu'il allait repartir aujourd'hui.

– De quand date ce coup de fil ?

– Hier soir.

– Est-ce qu'il avait gagné une somme d'argent ?

– Pas que je sache.

– Aviez-vous convenu qu'il transporte quelque chose pour vous ?

– Si vous voulez parler de la drogue, non. Il l'avait ramenée mais nous on ne veut pas de ça ici, c'est mauvais pour nos jeunes.

– Et les armes ?

– Oh, il faut bien chasser le sanglier, on en a trop par ici... comme les flics ! ajoute-t-il en ricanant sur ses épaules massives.

C'est assez pour aujourd'hui. Je le laisse à Pierre-Ange pour m'isoler un moment. Il faut que je relise mes notes. Je comprends les armes, la drogue, mais autant d'argent ? Le collier ? Il y a encore des zones d'ombres au milieu de ce pittoresque tableau si coloré. *Lucie ?*

\*\*\*

*Lucie s'avance vers moi. Pieds nus, elle porte une longue robe noire qu'elle a brodée à l'encolure et aux poignets. Sa taille fine rehausse les courbes parfaites de ses hanches. Mes yeux glissent de sa poitrine jusqu'à son ventre, tournent encore vers ses reins. Je ne suis pas loin : juste assez pour qu'elle ne me remarque pas, pas trop pour pouvoir encore la sentir, détailler le grain de sa peau et l'entendre respirer. Mais l'excitation s'empare de moi et trahit ma présence. Je tends les mains jusqu'à la toucher. Lucie se retourne et me foudroie du regard. La colère rend son doux visage méconnaissable. A son cou, le collier devient rouge sang et l'oeil pourpre grossit et m'attire jusqu'à me happer...*

Je me réveille en sursaut, trempé de sueur. Même le vieux chat de la veuve saute du lit en protestant, comme effrayé de ma mine de déterré. Je me lève pour ouvrir la fenêtre, ignorant le relent de migraine. Dans la nuit, les grillons répondent aux grenouilles en un drôle de dialogue sans parole. Des lucioles virevoltent devant mon visage fâché de s'être laissé aller à un tel cauchemar. La brise est si fraiche que j'en oublierais presque la chaleur de cette journée infernale. Pierre-Ange est venu avant le dîner avec le maire à ses trousses. Ils m'ont rapporté l'arme du crime miraculeusement retrouvée dans un proche caniveau: un magnifique couteau au délicat manche nacré et à la puissante lame patiemment damassée. Du travail d'artiste !

– Pas besoin de regarder les initiales pour savoir que c'est l'oeuvre de Jean-Jean. avait déclaré le maire, cachant mal une admiration déplacée.

– Il va falloir que tu me le ramènes celui-là aussi. avais-je dit à mon assistant.

Je l'aurai demain, et j'avoue être curieux de voir à quoi ressemble celui qui a eu les faveurs de Lucie. Après mon rêve animal, je l'imagine en homme ténébreux et sauvage mais peut-être aurai-je tort. L'objectivité et la froideur dont je me targue habituellement se sont faites un peu oublier au coeur de ce village brûlant.

Cinq heures du matin. La douceur nocturne a raison de ma fatigue. Ne prenant même pas la peine de boutonner ma chemise, je me glisse hors de la chambre en silence, retiens mes jambes sur le parquet bien lavé et descends comme un enfant puni les escaliers aux murs blanchis. Je croyais m'accorder une petite échappée solitaire mais en m'approchant de la porte d'entrée, une lueur vacillante m'interpelle et me trahit. La veuve Luciani m'a attrapé de son regard désabusé.

– En voilà une heure pour aller se promener ! lâche-t-elle en feignant à peine l'étonnement.

– Je crois que je ne m'habituerai jamais à la fournaise corse ! Je me réveille bien souvent pour profiter du frais avant la levée du jour. Et vous ? Vous ne cessez donc jamais de travailler ?

– Vous savez, tout est question d'habitudes. Je me lève à quatre heures trente très exactes depuis plus de vingt ans pour faire le pain avant que François, le

curé, ne se réveille pour la première messe. dit-elle, fière d'une rigueur toute à elle, ses mains farinées jusqu'aux coudes ne baissant pas la cadence du pétrissage. Une minuscule goutte de sueur dessine une ombre au-dessus de sa lèvre pincée par l'effort.
– Et vous laissez toujours la porte ouverte ?
– Avec cette canicule, c'est un délice de pouvoir laisser entrer un peu d'air dans la maison.
Le temps que l'idée aille s'implanter jusqu'à mon cerveau encore endormi, je peux tout juste la voir germer dans ses yeux coupables ! Comme il est vain, parfois, de tenter l'interrogatoire alors qu'il suffit simplement d'attendre que se présente l'instant propice. Les mains ne pétrissent plus. Même le pâton couleur crème n'en croit pas ses invisibles oreilles !
Je tourne la tête vers la porte béante, me délectant de la vue imprenable qu'elle m'offre sur le parvis de l'église.
La veuve, piégée, se décide à parler d'une voix qu'elle voudrait nonchalante :

– Je sais ce que vous pensez ! Oui, c'est vrai, j'étais aux premières loges. Mais pourtant, je n'ai pas vu tout ce qui s'est passé.

– Alors qu'avez-vous vu exactement ?

– Quand je suis descendue, comme chaque nuit, j'ai ouvert la porte. J'ai tout juste eu le temps de voir une silhouette se retourner et s'enfuir en courant. Le petit, il était là par terre, déjà mort.

– Et ensuite ?

– J'étais choquée ! Je me suis approchée pour voir qui c'était et quand j'ai reconnu Antoine, je me suis agenouillée près de lui et j'ai pleuré. J'ai prié pour son âme.

– Pourquoi avoir caché cela ?

– Je ne sais pas combien de temps je suis restée comme ça, mais après un long moment, François m'a trouvée. Il a pris peur. Je ne sais pas, je crois qu'il a eu peur pour moi. Il m'a dit de ne rien dire, qu'on allait raconter que c'était lui qui avait trouvé le petit.

– Et cette silhouette ?

– Une ombre tout au plus. Je n'ai rien vu d'autre qu'un flot de tissu plus noir que cette maudite nuit.
Elle frissonne, projetant des petits nuages de farine autour d'elle. Je ne comprends pas pourquoi les gens ne disent jamais la vérité !
– « Un flot de tissu noir », vous dites ?
Elle essaie de deviner la course folle de ma réflexion mais la brave femme ne peut qu'imaginer... et craindre !
– Oui.
– Une robe ? Alors vous pensez que c'était une femme ?
Le visage se ferme, la bouche hésite, déjà condamnée par ces confidences traditionnellement interdites dans cette contrée secrète.
– C'est difficile à dire. Mais, ça se pourrait, oui.
– Et vous en connaissez beaucoup, des honnêtes villageoises qui se promènent à quatre heures du matin pour assassiner des compatriotes ?
Son regard se fait dur et je sais qu'elle regrette d'en

avoir trop dit à l'étranger que je suis. Peu importe ! Je ne la laisse pas répondre et remonte les escaliers pour aller m'habiller convenablement. J'ai tout juste le temps d'avaler un café avant d'aller cueillir le coutelier que Pierre-Ange est allé chercher jusqu'à la côte. Déjà le jour se lève sur le paisible village et ses âmes finalement pas aussi pieuses que prévu.

*\*\*\**

Le soleil caresse doucement le haut des châtaigniers qui s'étalent en camaïeux de vert et de brun. La vue depuis le bureau, si différente des marées bleu-gris de mon enfance, n'en est pas moins splendide. Qui pourrait imaginer que des drames se nouent dans un paysage pourtant si noble et délicat ?

Seul depuis l'aube avec le maire et le policier du coin, je me suis déjà fait mon avis sur toute cette affaire quand enfin ce brave Pierre-Ange arrive au commissariat. A ses côtés, un homme plus petit que je ne le pensais s'avance la mine inquiète.

– Monsieur Griscelli ? Je vous en prie, asseyez-vous.

Gardant le silence, il se contente de me regarder avec anxiété. Il a effectivement un côté sauvage comme je m'y attendais, mais du genre rustique et non pas exotique. Ses mains énormes et fortes, sa nuque puissante malgré sa petite taille, laissent penser qu'il vaut mieux ne pas avoir à faire à lui. D'un geste bref, je sors le couteau et le dépose devant lui. J'avais bien prévu sa réaction trop nette qui ne fait d'ailleurs que

confirmer mes conclusions. Pas un sursaut, pas un soulevé d'épaules ni un tic nerveux. Cet homme qui semble la franchise incarnée s'écrie d'une voix saine :
– C'est un de mes couteaux !
– C'est bien pour cela que nous vous avons fait venir. Vous confirmez donc avoir fabriqué ce couteau ?
– Bien sûr ! Je reconnais chacune de mes oeuvres.
– Alors à qui appartient celui-ci ?
– Je ne sais pas.
– Vous reconnaissez chacun d'eux mais vous ne vous souvenez pas à qui vous les avez vendus ?
– Et bien, quand je fais des modèles spéciaux, sur commande, je m'en rappelle. Mais celui-ci doit faire partie de ceux que je donne à mon frère pour la vente au marché. Je ne sais donc pas à qui il est.
Avant que j'ai pu continuer, on entend un éclat de voix qui fait taire tout le monde.
– Jean-Jean !
Tenant sa fille par la main, Lucie entre, majestueuse, encore plus belle que d'habitude drapée dans sa

dignité d'épouse inquiète. Son chemisier trop strict laisse échapper une affolante odeur musquée lorsqu'elle bouge.

– Monsieur l'inspecteur, que voulez-vous donc de mon mari ? me crache-t-elle sans même un bonjour à aucun de nous en se campant fermement près de celui qui n'a pourtant pas l'air de nécessiter la défense de quiconque. Nos regards d'hommes vont de ses mains fragiles posées en protectrices sur l'épaule maritale, à ses yeux foudroyants.

– Calme-toi, Luce, ce n'est rien. la rassure Jean-Jean.

Et je comprends alors ce qui l'a attiré chez le coutelier. Instantanément, la jeune femme se calme sous l'effet de ces quelques mots prononcés avec la solide autorité d'un époux juste et honnête. Car il transpire l'honnêteté cet homme. Il a la simplicité déconcertante des gens heureux avec peu. Point de tourmente ni de complication derrière son visage franc qui se réjouit de revoir sa famille.

– Ne vous inquiétez pas, j'en ai fini avec votre époux,

Madame. Mais maintenant c'est vous que j'aimerais tout de même interroger.

– Quoi ? s'écrie Jean-Jean en se levant d'un bond franchement outré. Pourquoi l'interroger ? Je crois avoir déjà répondu à vos questions.

– En effet, mais je ne vais pas lui poser les mêmes. Vous pouvez attendre ici avec votre fille, nous ne serons pas très longs. dis-je en tentant de rester impassible.

Je demande à Lucie de me suivre dans le bureau d'à côté. Ce n'est que sur un signe de tête affirmatif de son mari qu'elle se résigne à lâcher la main de sa fille interloquée pour m'accompagner. Mais elle ne se départ ni de sa méfiance instinctive ni d'une sorte de colère étouffée que j'ai encore du mal à saisir. En fermant la porte derrière nous, j'ai l'impression d'avoir emprisonné une tornade. Elle attaque sans aucune hésitation :

– Mais à quoi jouez-vous, Monsieur l'inspecteur ?

– J'ai un cadavre sur les bras, Madame Griscelli, je

vous assure que je ne joue pas.

J'ai réussi à la faire tiquer, rien qu'un peu, avant qu'elle ne retrouve sa prestance intouchable.

– Reconnaissez-vous ceci, Madame ? dis-je en sortant le collier de ma poche.

– Si vous le demandez, c'est que je devrais, n'est-ce pas ?

– Ecoutez, c'est moi qui pose les questions ici, et je vous conseille d'y répondre ! A moins que vous ne préfériez partir en garde à vue à la caserne ?

– Maintenant des menaces ! Vous souhaitez des réponses ? Posez donc les vraies questions !

Son menton se soulève pour mieux me défier mais, comme toujours, ses yeux la trahissent.

– Bien. Nous sommes du même côté vous et moi. Je ne cherche rien d'autre que la justice pour Antoine. Il avait ce collier, que vous aviez confisqué à la petite un peu plus tôt, serré dans sa main. Alors, comment a-t-il atterri là?

Je sens que sa carapace se décompose lentement,

laissant enfin apparaitre celle que j'attendais, toute en fragilité.

– J'étais en colère quand j'ai vu qu'il avait donné le collier à Marina. C'était le cadeau qu'il m'avait fait quand nous étions plus jeunes. Je le lui avais rendu en rompant. Il n'aurait pas du mêler la petite à tout ça. J'avais peur.

– Et vous êtes allée le voir pour le lui rendre ?

– En fait, le collier n'était qu'une excuse. Je voulais lui parler, régler certaines choses restées trop longtemps en suspens. J'avais entendu la voiture et je savais qu'il allait boire un verre chez la veuve Luciani. J'y suis allée et je l'ai attendu près de l'auto garée en contrebas de l'église.

– Vous vous êtes disputés ?

– Quand il est arrivé, il n'était pas seul. Je l'ai vu avec un autre gars récupérer des armes pour Ghjiseppu qu'il devait ramener à Bastia. Il allait partir encore une fois sans rien dire, pour aller trafiquer Dieu sait quoi ! Ça m'a mise hors de moi.

– Vous l'aimez donc à ce point après tout ce temps ?
Lucie baisse la tête honteusement.
– Le temps n'a rien à voir ! Il y a certains liens qui ne souffrent pas de son usure. Quelle est, à votre avis, la chose la plus importante pour nous les corses ?
– La terre ?
– Ce n'est pas faux. Mais plus important encore : la famille.
– Je ne vous suis pas.
– Antoine faisait partie de notre famille depuis plus de dix ans et il fallait qu'il le sache.
Elle se tourne pour avouer la faute commise si longtemps auparavant. Si elle savait combien peu m'importe sa culpabilité ! J'ai juste envie de prendre dans mes bras cette femme qui se dévoile.
– Finalement je crois qu'il était le seul à ne pas savoir. Quand je suis tombée enceinte, j'étais si terrifiée ! Mon père avait toujours désapprouvé. Il me voyait déjà avec Jean-Jean qui était son protégé à la coutellerie. Antoine n'avait pas de situation, il

rêvassait sans rien de concret. Nous nous étions disputés à cause de ça. Je me suis confiée à ma mère et elle m'a dit qu'elle allait tout arranger. Le lendemain, Antoine avait disparu. Il est parti sans même me dire au revoir. Ma mère m'avait conseillé de prendre des tisanes pour enlever l'enfant mais j'ai refusé. Nous sommes allées ensemble parler au curé qui était au courant de toute l'histoire. Peu de temps après, j'ai épousé Jean-Jean, et Marina est née. Mais ne croyez pas que mon mari est un idiot ! Il a toujours su qu'elle n'était pas sa fille, et il a accepté dés le départ.

– Ce soir-là vous avez donc avoué à Antoine ?

– Oui. Il est devenu fou quand il a su. Il en voulait à tout le monde de le lui avoir caché. Il répétait qu'on lui avait volé sa vie, qu'il allait se venger. Il s'est mis à crier qu'il avait le droit de voir « sa fille » et de lui dire enfin la vérité.

– Vous l'avez poignardé pour que cela n'arrive pas ?

– Mais non ! Je n'étais pas d'accord avec ce qu'il

disait mais je le comprenais. Il souffrait. J'ai réussi à le raisonner et, après s'être calmé, il a compris qu'il était trop tard pour changer les choses. Il m'a promis qu'il partirait le lendemain matin pour toujours. Il ne méritait pas de mourir comme ça !

– C'est tout ?

– Nous nous sommes embrassés une dernière fois mais j'avais peur que quelqu'un nous voit. Je l'ai laissé là et je suis rentrée chez moi.

– Vous ne l'avez pas tué.

– C'est une question ?

– Non. Je sais que vous ne l'avez pas tué. Mais vous savez quand même qui l'a fait.

Les joues en feu, elle me supplie du regard.

– Je vous ai dit tout ce que je savais.

– Non. Mais vous en avez dit assez.

***

Je n'avais jamais vu ma mère pleurer jusqu'à cet instant. Alors que j'attendais dans le commissariat, la porte s'ouvrit sur ces larmes inédites et, autant mon père que moi, nous en restâmes si surpris et terrifiés que personne n'osa demander quoi que ce soit.
Le grand type qui venait du continent avec qui j'avais parlé la veille, s'avança vers mon père et lui dit :
– Nous avons fini, Monsieur Griscelli, je vous remercie de votre coopération. Vous pouvez rentrer chez vous si vous le souhaitez.
– Bien. Adieu alors. répliqua mon père sans laisser planer d'ambiguïté.
Il nous prit ma mère et moi par le bras et nous nous dirigeâmes tous ensemble vers la sortie. Je portais encore son vieux sac en cuir, contente de pouvoir au moins le soulager d'un poids parmi tant d'autres. Nous avions à peine atteint la porte que l'étranger nous dépassa accompagné de Pierre-Ange et Tristan, nos policiers. Je l'entendis donner des ordres d'une voix calme et sèche comme une rivière de fin d'été :

– Appelle des renforts, nous allons appréhender le suspect. Je ne veux pas qu'il s'échappe.

Nos regards se croisèrent et je restais glacée par la détermination qui se lisait dans ses yeux étrangement délavés. Je ne comprenais pas encore toutes les finesses des événements qui se déroulaient devant moi mais je connaissais déjà certains sentiments lorsqu'ils pointent au travers du coeur des hommes.

– Qui l'a tué, Luce ? chuchota mon père.

– Le seul qui pouvait se le pardonner à lui-même. répondit-elle.

Il était encore tôt quand deux autos pleines de policiers arrivèrent sur la place du village. Il y avait aussi le corbillard qui attendait tristement son occupant. Je me souviens encore du parfum suranné des couronnes de fleurs et les yeux rougis d'Antoinette. La moitié des habitants était déjà là, comme un seul homme, pour soutenir les vieux parents en deuil. L'étranger, d'un pas sûr, s'avança au milieu de cette foule et s'arrêta devant Emile.

Plusieurs policiers le suivaient. Un murmure de désapprobation unanime parcourut l'assemblée. Chez nous, cela ne se faisait pas. On n'avait jamais vu un policier venir perturber un enterrement. Ici, le deuil avait encore cette notion sacrée de douleur officielle et partagée. Le flot noir des habits de chagrin se resserra autour des parents d'Antoine. Nous étions une famille. Emile, la tête basse, montra du doigt l'intérieur de l'église et s'éloigna comme pour s'en aller. Le breton s'engouffra dans cette brèche avec ses hommes, laissant les autres au dehors.

Le murmure grossissait tandis que la foule se pressait à l'entrée de l'église. Nous étions restés à distance pour ne pas nous faire chahuter, mais nous étions quand même assez près pour sentir la tension monter à mesure que les policiers tardaient.

On entendit des éclats de voix. Sur le parvis, la veuve Luciani cria quelque chose en langue corse et fondit en larmes. Le breton sortit enfin de l'église et le murmure devint un cri unanime. Il tenait François menotté devant lui. Le curé ! Si nous étions une famille, il en était le père.

Les femmes cachèrent leur effroi dans leurs foulards sombres et commencèrent à s'écarter. Les hommes criaient, hésitant entre soutenir le curé ou le lyncher sur place. Personne ne comprenait vraiment ce qui se passait ici. Ou plutôt si, comme toujours, quelques uns savaient, détournant le regard pour ne pas laisser voir la vérité dissimulée dans leur colère. Ma mère était de ceux-là. Les larmes coulaient en silence sur ses joues sans que je n'en saisisse le sens réel. Sans bruit ni sanglot, je regardais le chagrin la submerger comme jamais auparavant. Mon père passait sa main chaude dans ses cheveux défaits, la soutenant de son bras libre, et il répétait doucement :

– Comment il a pu le tuer ? Un homme d'église ! Tu crois vraiment que c'est lui ?

– Il l'a tué bien des années auparavant, en le chassant comme un criminel !

Touché, mon père demanda avec inquiétude :

– Tu regrettes, Luce ?

– Non. Tu as réussi à tout combler ! Il n'y a plus de place dans ma vie, pas même pour des regrets. J'ai juste de la peine pour Antoine. Ce n'était pas sa faute. Il n'a pas eu de chance. Et ses parents non plus...

Nous étions là en spectateurs de ce triste spectacle. Le père François gesticulait tandis que la police l'emmenait vers l'auto au milieu de ces villageois qu'il avait si longtemps confessés. La panique gagnait l'homme d'église et je pouvais ressentir l'angoisse se répandre dans la foule. Les cris indignés montaient et résonnaient comme nos polyphonies des soirs de fêtes. Soudain, alors que l'agitation était à son comble, une sombre détonation retentit et me glaça le sang. Emile lâcha son fusil qui tomba par terre lourdement en même temps que la soutane noire. C'est tout ce que l'on entendit dans le silence de ce funeste matin et je devais savoir plus tard que mon père, *l'américain*, était finalement vengé.

\*\*\*

La voiture s'arrêta enfin après plus d'une heure de route. Il faisait beau ce matin là. Le froid ne mordait pas encore tout à fait et les châtaigniers dévoilaient leurs plus belles couleurs. Marina avait toujours préféré l'automne, ce soulagement du retour à la routine ou du bonheur de la récolte. Surtout, le magnifique spectacle qui s'étalait devant ses yeux la ravissait. Le marron orangé ou roux des feuilles finissait par tomber d'être trop admiré.

Comme chaque année, depuis si longtemps qu'il était impossible de s'en souvenir, Marina revenait jusqu'au petit village de ses origines pour honorer sa mémoire familiale. La Toussaint n'était qu'un délicieux prétexte à ce pèlerinage intemporel.

Tant de souvenirs lui venaient à l'esprit ! Elle se rappelait avec joie les images heureuses d'une enfance préservée. Ici elle ne se sentait jamais seule. Tous les siens l'accompagnaient à chaque pas qu'elle faisait dans les ruelles connues par coeur.

Elle ressentait toujours leur présence, mais cela

devenait si flagrant qu'elle croyait presque les voir autour d'elle.

D'un pas lent, elle contourna l'église et se dirigea vers le petit cimetière qui abritait le caveau des Griscelli. Son père l'avait fait ériger après la mort de sa mère pour y accueillir tous les défunts ensemble. La porte grinça et Marina du attendre un petit moment que ses yeux s'habituent à l'obscurité avant de continuer. Au centre, une petite table en pierre recueillait des fleurs et des décorations funéraires en porcelaine délavée. Petit à petit, elle commença alors à distinguer les plaques qui s'alignaient de part et d'autre. Chaque nom gravé dans le marbre gris avait pour elle un visage, une voix, une odeur, qu'elle chérissait encore. Elle pria longuement pour toutes ces âmes qui comptaient sur elle, déposa un bouquet après avoir jeté celui de l'année précédente, et sortit enfin en refermant la porte derrière elle. Chaque visite était une petite pointe à son coeur.

Une fois dehors, elle se dirigea deux caveaux plus

loin et s'approcha d'une petite tombe à la sobriété étonnante. Le souvenir de ce dramatique jour d'été lui revint comme à chaque fois en pleine face.

Le poids de ses ancêtres était bien lourd, mais elle l'acceptait pourtant toujours, reconnaissante de cette mémoire collective qui ne lui faisait jamais défaut. Elle connaissait chaque nom inscrit dans cette allée du cimetière. Elle avait ri ou pleuré avec chacune des personnes enterrées ici... sauf avec celui-ci.

Marina se baissa et caressa l'inscription. Il n'avait pas eu le temps d'être son père, ni l'occasion d'être un fils, un mari ni même un ami. Malgré tout, comme Lucie aimait à le dire : *A a morte è à amicizia si cunnosce a parentia* (à la mort et à l'amitié se reconnait la parenté).

Si ils n'en avaient pas eu l'occasion dans la vie, c'est dans la mort qu'ils formaient une famille, unis par la terre généreuse qui les recouvrait tous.

*\*\*\**

## ELODIE ROJAS-TROVA - l'auteur

Le parcours d'Elodie Rojas-Trova est marqué par de nombreux voyages, notamment en Espagne, aux U.S.A., ou encore au Maroc ou à Genève. Née un rare jour de neige à Nice, elle s'inspire de son passé bohème et de ses profondes attaches familiales au coeur de l'île de beauté pour écrire avec force dans un style simple et poétique. Son oeuvre se veut centrée sur l'Humain et ses nombreux sentiments, qu'elle décline sous chacune de ses facettes. Passionnée de littérature courte, la jeune auteur se spécialise dans la poésie, la nouvelle, le conte, ou comme ici la novella.

C'est avec un immense plaisir qu'Elodie a fait appel au jeune talent insulaire d'Elisa Di Giò pour illustrer Lucie, l'amour perdu de L'Américain, donnant naissance à une couverture en parfaite osmose avec l'intensité de ce texte intrigant sur fond de ruralité et d'attachement à la terre corse.

L'Américain est son quatrième ouvrage publié.

## ELISA DI GIÒ - l'illustratrice

C'est autour d'une authenticité fondatrice que les dessins d'Elisa di Giò se révèlent, déployant une culture iconographique insulaire affirmée, au travers de lignes féminines, dans la douceur ou la tourmente. Autant de secrets d'histoire illustrés mettant en lumière le peuple et la terre corse. Les racines de sa famille forgent son trait et nourrissent son imaginaire. Son île est la plus belle source d'inspiration qu'elle pouvait espérer pour développer un univers unique au travers de créations originales. Ingénieur de formation, Elisa est une jeune artiste bastiaise passionnée, qui s'est lancée récemment dans le monde du design et de la mode. En révélant ces portraits de femmes côtoyant tradition et modernité, elle célèbre les valeurs et la force de caractère à la lecture d'un regard, d'une posture ou de détails symboliques. C'est à l'occasion de cette novella que l'alchimie de deux arts s'opère pour rendre hommage à une île dont la passion est partagée.